文／品學堂創辦人、《閱讀理解》學習誌總編輯　黃國珍

全球的教育興起了巨大變革，評測也從單純檢視學生是否記得老師講的內容，演變到鑑別學生是否具備能自主學習的能力與素養。即使面對沒看過的內容、老師沒有講解過的問題，學生依舊能透過正確的理解，使用知識與經驗，解決未曾面對過的問題。這是人類文明開展的原因，是面對未來應該要具備的能力。

　　根據 PISA（Programme for International Student Assessment）國際學生能力評量計劃中閱讀素養的指標，閱讀素養不再僅指學校所習得的語文能力。而是更進一步應用於個人在各類生活情境中，與人互動和參與社會，所建構出一種可增長知識、技能及策略的能力。換句話說，新課綱對閱讀能力的要求，從過去「單向」的閱讀理解：學生是否有能力進行流暢的閱讀，能否明白詞彙用法和進行書寫，近一步要求「全方位」的閱讀應用。除一般語文理解外，還需能夠反思閱讀內容、建構上層意義，並對閱讀內容或形式進行批判與省思。要符合國際如此高標準的閱讀要求，除了廣泛閱讀之外，更需要提供有效培養合於指標的思考與回答的練習，這也是親子天下《晨讀 10 分鐘》系列委請品學堂設計題本的目的。讓孩子在探究與思考的閱讀過程中，將未知轉為已知，讓問題擁有答案。期待這套書能陪伴您與孩子一起走向未來。

兒童天堂

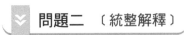 問題一 〔擷取訊息〕

（　）根據本文，是什麼原因讓潘朵拉初次打開了盒子？

① 天生旺盛的好奇心
② 埃庇米修斯的命令
③ 聽到盒子裡有聲音
④ 遭受到信使的誘惑

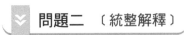 問題二 〔統整解釋〕

請問盒子裡裝的醜陋東西和小人物，分別代表什麼？

問題三 〔統整解釋〕

（　）潘朵拉放出盒中的東西後，改變了什麼？

1. 人們對於快樂的想法
2. 眾神對待人們的方式
3. 人的壽命與人生境遇
4. 環境與人類間的關係

問題四 〔統整解釋〕

（　）本文主要想傳達什麼道理？

1. 人不該因為挫折而放棄，懷抱希望將會帶來力量
2. 構築在歡愉豪奢上的人生，將會使自己喪失價值
3. 面對瞬息萬變的世界，家人永遠是最堅強的後盾
4. 社會上人心難料，需要仔細分辨誰才是真心朋友

問題五 〔省思評鑑〕

（　）第15頁第二段「神話告訴我們……」與第20頁第二段「現在，如果你……」的敘事手法有何功能？

1. 透過故事角色之口，說明盒子存在的意義
2. 特寫角色心理狀態，解釋角色行為的原因
3. 跳出故事敘事，補充理解情節所需的資訊
4. 穿插過去情節，藉往事經歷突顯角色心境

愛米的問題

問題一 〔擷取訊息〕

（　）愛米為什麼沒有回應戈羅夫人的叫喚？

① 她坐在窗邊專心等待父親回家
② 她沉醉於欣賞夜色和思考問題
③ 她忙著在樓上進行編織的工作
④ 她在花園裡沒注意到回家時間

問題二 〔擷取訊息〕

（　）根據戈羅夫人的說法，上帝創造美好的事物，能為人們的什麼帶來幫助？

A 身體　B 慈愛　C 靈魂　D 智慧

① A、C
② A、D
③ B、C
④ B、D

問題三 〔統整解釋〕

(　)請根據戈羅夫人的說法推論，為什麼上帝會創造各種不同的自然事物？

　① 人們重視靈魂更甚於身體
　② 協助人們面對不同的境況
　③ 人們為求利益而接近上帝
　④ 人們的眼光會隨年齡增長

問題四 〔統整解釋〕

(　)根據戈羅夫人的說法，人們應該要如何接觸上帝的慈愛和智慧？

　① 以雙眼尋找上帝的倒影
　② 從事編織和雕刻等創作
　③ 用靈魂體會美好的事物
　④ 思考並提出心中的疑惑

7

最初的晚霞

問題一 〔統整解釋〕

（ 　 ）請問故事中天空本來的顏色是象徵什麼？

1 大地的貧脊
2 人們的殘忍
3 瑟德的智慧
4 上帝的慈愛

問題二 〔統整解釋〕

（ 　 ）瑟德透過什麼方式成功塗畫上第一片晚霞？

1 侍奉威力無邊的魔鬼
2 從貧脊之地採集植物
3 犧牲自己的身體部位
4 激怒天空中的異教神

問題三 〔統整解釋〕

（　）請問瑟德塗畫第一片晚霞的目的是什麼？

① 改變太陽的軌跡
② 宣揚上帝的信仰
③ 模擬地球上的環境
④ 帶給人們正向力量

問題四 〔統整解釋〕

（　）異教神散布瑟德的骨灰，造成了什麼結果？

① 美、仁慈、愛的精神延續
② 人類的始祖在地球上誕生
③ 瑟德創造的晚霞隨之消逝
④ 地球成為充滿殘暴的世界

造獅者

問題一 〔擷取訊息〕

（　）故事裡，四個婆羅門決定去旅行的原因是什麼？

❶ 旅行後，才能得到國王的恩寵與財富

❷ 若不旅行，便無法知道誰真正有學識

❸ 透過旅行，取得更高深更廣博的學識

❹ 藉由旅行來學習不同地方的生活常識

問題二 〔統整解釋〕

（　）四個婆羅門在旅途中發生了爭吵，請問原因是什麼？

❶ 討論獲得國王關愛的條件有哪些

❷ 商議該不該教授只有常識者學識

❸ 辯論若人只有常識，算不算蠢蛋

❹ 爭論沒學識的人能不能分享財富

問題三　〔統整解釋〕

（　　）根據故事，為什麼沒有學識的人要爬到樹上？

❶ 尋找適合露宿的位置
❷ 以免遭受其他人報復
❸ 躲避即將復活的獅子
❹ 挑選制高點方便監視

問題四　〔統整解釋〕

（　　）為什麼其中三個婆羅門最後被獅子咬死了？

❶ 太過自負
❷ 過於懦弱
❸ 缺乏決斷
❹ 缺少默契

問題五　〔統整解釋〕

（　　）從故事情節推論，本文的寓意最可能是什麼？

❶ 知識比起財富更為可貴
❷ 朋友才是最珍貴的禮物
❸ 同心協力才能獲得財富
❹ 有時常識比知識還重要

狼

問題一 〔統整解釋〕

(　　)達維爾侯爵分享故事的可能原因為何？

1. 解釋自己為什麼不去打獵
2. 展現自己具備的仁慈之心
3. 受到說書人生動的故事吸引
4. 表達對德拉韋爾男爵的敬意

問題二 〔擷取訊息〕

(　　)根據達維爾侯爵的故事，其曾祖父的父親因什麼事情而亡故？

1. 狩獵途中被狼攻擊致死
2. 追捕獵物時誤撞樹枝摔死
3. 死於對潛藏於黑暗獵物的恐懼
4. 無法忍受自己的獵人形象因狼破滅

問題三 〔統整解釋〕

(　　)為什麼馮索瓦在害怕的情況下，還能重新激發勇氣？

1. 有了信仰的加持
2. 受到村民的鼓舞
3. 為了替哥哥復仇
4. 想起武器的威力

 問題四 〔統整解釋〕

（ ）故事中，對於馮索瓦與狼搏鬥的情節描繪得栩栩如生，
最可能給予讀者什麼樣的感受？

　❶ 暗示人在特定情境下的凶殘，並不輸給野獸
　❷ 突顯狼除了高大威猛外，也會像人類般思考
　❸ 佐證這場狩獵，讓其家族後人均恐懼狩獵
　❹ 展現祖先智慧，能利用環境優勢戰勝野獸

 問題五 〔統整解釋〕

（ ）故事結尾以一名婦人的回應作為結束，請問這樣的設計
具有哪種效果？

　❶ 提供讀者沖淡悲傷情緒的方法
　❷ 希望帶給讀者具有說教的啟示
　❸ 提醒讀者應該反轉故事的寓意
　❹ 將故事寓意留給讀者各自解讀

一個古老的小故事

問題一 〔擷取訊息〕

（　　）請問是什麼原因，讓啄木鳥與鷸認為牠們的鼎盛時期結束了？

❶ 已無個人的隱私空間
❷ 雙方不停的互相騷擾
❸ 原有的資源突然消失
❹ 居住環境被他人侵害

問題二 〔統整解釋〕

（　　）本文第八段中提到的「共同的目標」是什麼？

❶ 創造一個新的居住地
❷ 交換彼此的居住地點
❸ 探索自己居住的地方
❹ 改造自己居住的地方

問題三 〔擷取訊息〕

(　　) 承上題，啄木鳥與鷸為什麼追求這樣的目標？

❶ 想與對方比較孰優孰劣

❷ 證明自己的觀察是真的

❸ 想證實自己值得更好的

❹ 試著站在對方角度思考

問題四 〔統整解釋〕

(　　) 請根據本文推論，啄木鳥與鷸為什麼無法參與萬物共同狂喜的時刻？

❶ 兩者迷失在自己的認知中，無法看清全局

❷ 兩者不想履行自己的職責，決定選擇逃避

❸ 兩者僅是漫無目的的活著，沒有任何目標

❹ 兩者遭到其他參與者排斥，只能黯然離去

問題五 〔統整解釋〕

(　　) 根據泰戈爾的理解，「啄木鳥與鷸」最有可能象徵什麼？

❶ 這個龐大的宇宙　　　❷ 那些貪婪的人們

❸ 無數鮮活的靈魂　　　❹ 那絲希望的曙光

小鵪鶉

問題一 〔統整解釋〕

（　）主角一開始對於打獵興致勃勃的可能原因為何？

❶ 住家附近充滿動物的足跡

❷ 受到父親熱愛打獵的影響

❸ 被曾親身經歷的故事吸引

❹ 只有打獵時可以精心打扮

問題二 〔統整解釋〕

（　）主角因為什麼事件改變了對於打獵的看法？

❶ 不想為了採花，使得自己難以維持獵人的身分

❷ 看見受傷流血的鳥在寶貝兒的牙縫裡痛苦掙扎

❸ 得知雌鵪鶉為了保護孩子，以假受傷引開狩獵者

❹ 因為父親以身作則，打獵時會避開未成年的沙雞

問題三 〔統整解釋〕

( ) 承上題，主角因「此事件」發生了改變。這個改變符合《孟子‧公孫丑上》：「惻隱之心，仁之端也；羞惡之心，義之端也；辭讓之心，禮之端也；是非之心，智之端也。人之有是四端也，猶其有四體也。」所說的哪一個道理？

① 惻隱之心　② 羞惡之心　③ 辭讓之心　④是非之心

問題四 〔統整解釋〕

( ) 從主角的描述中，可見主角父親對於打獵的看法較可能為下列何者？

① 享受打獵過程中的樂趣　② 不用不人道的獵捕工具
③ 應注意獵物的物種存續　④ 男孩須肩負打獵的工作

問題五 〔省思評鑑〕

( ) 故事末尾，主角再次提到與朋友出門打烏雞。此處情節具有什麼效果？

① 強化本文主旨　② 摘要全文重點
③ 呼應文章開頭　④ 引起讀者興趣

西雅圖酋長的演說

 問題一 〔統整解釋〕

（　）西雅圖酋長的演說目的是什麼？

1 拒絕把土地賣給白人
2 期待白人能愛護土地
3 請求白人與他們和平相處
4 邀請白人拜訪他們的土地

 問題二 〔統整解釋〕

（　）印第安人如何看待土地？

1 土地是他們擁有的家
2 土地是世界萬物之母
3 土地是所有人類共有
4 土地是動物們的兄長

問題三 〔統整解釋〕

( ) 西雅圖酋長提及上帝的原因最可能是什麼？

1. 突顯白人對待大自然的態度
2. 澄清印第安人也信仰基督教
3. 拉近印第安人與白人之間的連結
4. 暗示他們對於賣不賣土地的決定

問題四 〔省思評鑑〕

( ) 這篇演說如何表達印第安人對於土地的感情？

1. 插入印第安人的訪談
2. 回憶族人過去的生活
3. 著重敘述土地上的景物
4. 引述《聖經》裡面的內容

問題五 〔統整解釋〕

( ) 根據西雅圖酋長的觀點，他希望白人如何利用土地？

1. 維持原貌
2. 開闢果園
3. 建造牧場
4. 發展城鎮

三個問題

 問題一 〔擷取訊息〕

（　）根據本文，皇帝認為知道哪三件事情後，做任何事情都不會失敗？

① 幫助誰、怎麼幫、幫什麼
② 相信誰、如何信、信什麼
③ 何時做、與誰做、做什麼
④ 原諒誰、如何原諒、原諒什麼

問題二 〔統整解釋〕

（　）皇帝為什麼前去找隱士？

① 他認為智慧的隱士知道答案
② 飽學之士告訴皇帝去找隱士
③ 隱士邀請皇帝一起挖地種菜
④ 皇帝猜測宿敵埋伏在隱士家

問題三 〔擷取訊息〕

(　) 根據本文，皇帝如果沒有幫助隱士挖地、沒有幫助受傷的男人，可能會發生什麼事？

1. 隱士把三個問題的答案告訴大鬍子男人
2. 隱士受到大鬍子男人的暗殺而當場身亡
3. 皇帝遭遇暗殺，並錯失與宿敵和好的機會
4. 皇帝沒有憐憫之心，而隱士拒絕回答問題

問題四 〔擷取訊息〕

(　) 故事中，隱士抬頭看著皇帝說：「但是你的問題已經得到解答了。」請問他口中的答案指的是什麼？

1. 把握青春追求個人的目標
2. 把握機會與智慧的人相處
3. 把握時間與宿敵一起做大事
4. 把握當下的一切，並做好事

問題五 〔統整解釋〕

(　) 隱士在皇帝尋找答案之旅當中扮演什麼樣的角色？

1. 阻礙者　　　　2. 解惑者
3. 算計者　　　　4. 報恩者

我有一個夢

 問題一 〔統整解釋〕

（　）請問馬丁・路德・金恩發表演說的目的為何？

① 抗議美國黑人所受的壓迫

② 哀悼重要民權人士的逝世

③ 呼籲離家的黑人不要返鄉

④ 抨擊憲法當中過時的條文

 問題二 〔擷取訊息〕

文中提到「在某種意義上，我們來到我國首都是為了要兌現支票」，請問此處的「支票」指的是哪些文件給予的承諾？

問題三 〔統整解釋〕

( ) 金恩主張採用哪些策略來為黑人爭取權利？

A 號召黑人武裝暴動　B 非暴力的和平示威
C 聯合不同種族參與　D 設定漸進式的目標

① A、C　　　② A、D
③ B、C　　　④ B、D

問題四 〔統整解釋〕

( ) 金恩如何回應「你們何時才能滿足？」這個問題？

① 比較黑人與其他少數族裔的處境
② 解釋祖先們被迫移民美國的歷史
③ 列舉黑人社會運動所帶來的成就
④ 具體說明黑人哪些權利受到限制

問題五 〔統整解釋〕

( ) 金恩所說的「我有一個夢」，指的是下列何者？

① 黑人能建立屬於自己的國家
② 黑人享有與他人一樣的權利
③ 黑人能回到移民美國前的故鄉
④ 黑人不必與其他族裔的人混居

孩子的故事

 問題一 〔擷取訊息〕

請依序排列旅行者遇到的五個人，並分別說明旅行者和他們共處的期間，做了什麼事情？

 問題二 〔統整解釋〕

（　　）旅行者遇到的人，都對他提出了什麼邀請？

1. 前往新的旅遊景點
2. 花時間與自己聊天
3. 學習未知的新事物
4. 跟自己做一樣的事

問題三 〔統整解釋〕

( ) 旅行者與中年紳士的經歷，描繪了下列哪種情感？

① 對於生離死別的痛苦
② 終於功成名就的快樂
③ 逐漸失去記憶的無奈
④ 再次怦然心動的愛意

問題四 〔統整解釋〕

( ) 請問文中提到的「不可思議的旅行」是象徵何者？

① 人類死後的天堂
② 人類一生的經歷
③ 崎嶇蜿蜒的地形
④ 植物生長的過程

問題五 〔統整解釋〕

( ) 故事中旅行者一直「找不到」身邊的人，這種情況反映的是下列何者？

① 人生總是必須要往下個階段邁進
② 記憶隨著年紀增長會越來越模糊
③ 只有真正重要的人才會留在身邊
④ 人類通常都是處在茫然與困惑中

戰爭

 問題一 〔擷取訊息〕

請問第二段的夫妻為什麼要搭乘火車？

 問題二 〔統整解釋〕

（　）請問火車車廂中為什麼瀰漫著一股悲傷的情緒？

　❶ 乘客們的兒子被派往戰場
　❷ 火車上有人發生意外死亡
　❸ 國家面臨滅亡的危機時刻
　❹ 乘客即將被送往監獄關押

 問題三 〔擷取訊息〕

（　）肥壯年邁的男子用什麼理由鼓舞大家？（複選）

　❶ 孩子若早點死亡，就不必面對生活的黑暗與痛苦
　❷ 如果孩子死亡，就不必再面對愛無法均分的問題
　❸ 如果深愛孩子，就應該體諒他們報效國家的意願
　❹ 國家即將推行允許家長代替孩子們上戰場的政策

問題四 〔統整解釋〕

( ) 請問肥壯年邁的男子，為什麼能鎮定的鼓舞大家？

　　❶ 他已經明白生死之間界線模糊

　　❷ 他當下未感受到生命真實消逝

　　❸ 他本身堅毅勇敢能夠直面死亡

　　❹ 他已經度過最撕心裂肺的時光

問題五 〔省思評鑑〕

( ) 作者在故事中採用大量刪節號，主要是為了達成什麼效果？

　　❶ 刪減相似的語句精煉文章

　　❷ 對齊文句的版面便於閱讀

　　❸ 指出人物表裡不一的性格

　　❹ 表現人物內心的煎熬痛苦

我的愛人被鋸成兩半

 問題一 〔擷取訊息〕

（　）根據本文，主角為什麼要逃家？

1 想參加難得舉辦的嘉年華會
2 想脫離一切被安排好的生活
3 想要談一場轟轟烈烈的戀愛
4 想離開父母的掌控獨立生存

 問題二 〔統整解釋〕

（　）主角在遊覽嘉年華的過程中，體悟到什麼事？

1 生活不應枯索無味，應更精采豐富
2 不論哪個年紀，都應有顆赤子之心
3 人生最大的目標，在於能找到夢想
4 唯有提升自我能力，才能面對未來

問題三 〔擷取訊息〕

主角愛上琳達是因為覺得她具有什麼樣的人格特質？

請作答

問題四 〔統整解釋〕

（　　）主角為什麼要請好友轉寄信件給自己的爸媽？

　　❶ 不想要讓大家知道他沒回家

　　❷ 不敢跟父母解釋琳達的存在

　　❸ 想告訴父母這地方多麼好玩

　　❹ 想偽裝自己有去參加夏令營

問題五 〔統整解釋〕

（　　）為什麼主角不相信路易斯叔叔的說法？

　　❶ 因為拆穿了魔術表演，等同於否定了他的愛情

　　❷ 因為路易斯叔叔喝了酒，所以說出的話不可信

　　❸ 因為他曾經親自跟琳達確認過魔術把戲的真偽

　　❹ 因為他被催眠師海波催眠，已不相信叔叔的話

螞蟻與蚱蜢

問題一 〔統整解釋〕

（　）根據本文，在湯姆第二次訂婚之前，喬治和湯姆在哪方面存在顯著的差異？

A 出身背景　　B 性格品德　　C 生活品質　　D 個人魅力

① A、B、D　　② B、C、D

③ A、B、C　　④ A、C、D

問題二 〔統整解釋〕

（　）喬治為什麼會高興自己不年輕了？

① 他已經厭倦了自己乏味無趣的人生

② 這代表湯姆將失去賴以為生的優勢

③ 他期望能夠早一點享受退休的生活

④ 他能夠以此為藉口擺脫湯姆的糾纏

問題三 〔統整解釋〕

（　）主角在飯館遇見喬治時，他為什麼滿面愁容？

① 湯姆的態度令喬治感到很心寒

② 湯姆的際遇違背了喬治的信念

③ 喬治後悔沒能彌補與湯姆的親情

④ 湯姆再次惹上了難以處理的麻煩

問題四　〔統整解釋〕

（　）請問湯姆的行為與結局，如何對應〈螞蟻與蚱蜢〉這則寓言？

1 湯姆的行為因為與螞蟻相同，故獲得螞蟻的結局
2 湯姆的行為雖然與螞蟻相同，卻獲得蚱蜢的結局
3 湯姆的行為因為與蚱蜢相同，故獲得蚱蜢的結局
4 湯姆的行為雖然與蚱蜢相同，卻獲得螞蟻的結局

問題五　〔統整解釋〕

（　）主角從兒時到長大，對於寓言〈螞蟻與蚱蜢〉的評價發生什麼轉變？

1 皆抱持批評的態度，但所持的理由不同
2 皆抱持肯定的態度，但支持的原因不同
3 兒時抱持批評的態度，長大後卻轉為肯定
4 兒時抱持肯定的態度，長大後卻轉為批評

問題六　〔省思評鑑〕

（　）寓言〈螞蟻與蚱蜢〉在這篇故事中具有什麼樣的作用？

1 加強故事的真實程度
2 佐證故事傳達的論點
3 推動故事劇情的發展
4 增添故事的諷刺意味

痛苦的帳篷

 問題一 〔統整解釋〕

（　）請問三個男人為什麼要詛咒小個子男人？

　　❶ 小個子男人搶走了他們比較想要的工作
　　❷ 他們釣不到魚，都是小個子男人的過錯
　　❸ 小個子男人偷偷吃掉了最後的幾樣食物
　　❹ 他們會淋溼是因為小個子男人弄壞帳篷

 問題二 〔統整解釋〕

（　）為什麼其餘三個男人要去農舍？

　　❶ 他們的食物吃完了
　　❷ 小個子男人受傷了
　　❸ 為了驅逐森林魔鬼
　　❹ 想要釣到更多的魚

問題三 〔擷取訊息〕

( ) 小個子男人與熊的對峙，為什麼會演變成追逐與搏鬥？

❶ 小個子男人發出的吼叫被熊視為挑戰

❷ 小個子男人首先用武器對熊發起攻擊

❸ 雙方被營火突如其來的劈啪聲驚嚇到

❹ 熊的耐心在長時間的對峙中消耗殆盡

問題四 〔統整解釋〕

( ) 小個子男人是因為哪些東西，而擺脫熊的追逐？

❶ 營火、靴子　　**❷** 靴子、外套

❸ 外套、帳篷　　**❹** 帳篷、菸斗

問題五 〔統整解釋〕

( ) 請問文章出現兩次的「魔鬼作伴」，先後指的是什麼？

❶ 厄運、野獸　　**❷** 野獸、厄運

❸ 樹影、幽靈　　**❹** 幽靈、樹影

敞開的落地窗

 問題一 〔統整解釋〕

（　）為什麼弗瑞頓會去拜訪薩普頓夫人？

1. 碰巧路過他們家
2. 聽從姊姊的建議
3. 有事情拜託他們
4. 探望生病的朋友

 問題二 〔擷取訊息〕

（　）維拉口中的「不幸」指的是什麼？

1. 薩普頓家族的鬼魂長久困在落地窗中
2. 薩普頓夫人因為丈夫死亡而精神混亂
3. 薩普頓夫人的先生與弟弟被沼澤吞沒
4. 薩普頓家的落地窗詛咒著居住的家人

問題三 〔統整解釋〕

(　) 為什麼弗瑞頓會「一把抓起他的手杖、帽子，在昏暗中倉皇的衝出大廳、碎石車道，還有前門」？

❶ 以為自己看到薩普頓先生的鬼魂
❷ 精神無法再承受別人悲痛的回憶
❸ 深怕自己也會受到落地窗的詛咒
❹ 突然被凶猛的小獵犬狂吠著追趕

問題四 〔統整解釋〕

(　) 為什麼維拉一開始要問弗瑞頓：「您其實完全不認識我姑姑？」

❶ 評估她的計畫要怎麼執行　　❷ 熱情的想向客人介紹家人
❸ 指責客人對女主人的忽視　　❹ 想隨便找個話題避免尷尬

問題五 〔省思評鑑〕

(　) 故事結尾寫道：「隨口瞎編故事，是她的拿手絕活。」請問這句話的功能是什麼？

❶ 增強了故事裡的批判性　　❷ 完整了故事中的敘事邏輯
❸ 確定故事角色間的關係　　❹ 揭露故事角色的行為動機

十月與六月

 問題一 〔擷取訊息〕

（　）希歐朵拉為什麼拒絕上尉的求婚？

❶ 希歐已喜歡上其他人　　❷ 他們的性格不太合適

❸ 上尉即將要為國出征　　❹ 兩人的年齡差距太大

 問題二 〔統整解釋〕

（　）文章中提到，上尉「已準備妥當，輕裝待發，去打他
生平最重要的一仗」，請問上尉要去做什麼？

❶ 登上戰艦投入美西戰爭　　❷ 參加慶祝他升職的晚宴

❸ 勸說他的情人改變心意　　❹ 向愛慕已久的佳人告白

 問題三 〔統整解釋〕

希歐說：「一個只想坐在壁爐旁看書，也許還揉著到晚上就
發作的神經痛或風溼；另一個則渴望參加舞會、看戲或吃宵
夜。」請問她認為這些分別是誰幾年後的狀況？

問題四 〔統整解釋〕

( )為什麼希歐說自己和上尉就像「十月與六月初」？

① 以月分的季節來象徵兩人的年齡差距

② 借用傳統典故來指出兩人的出生月分

③ 比喻流失的幸福時光已經不能再復返

④ 象徵時間不會改變兩個人的真摯感情

問題五 〔統整解釋〕

( )請問希歐用什麼方式說服上尉？

① 對比他人的經驗

② 提出自己的設想

③ 引用故事的情節

④ 指出替代的方案

問題六 〔統整解釋〕

文中哪幾句話達到了「奧・亨利式結尾」的效果？

打賭

問題一 〔擷取訊息〕

（　）請問銀行家與年輕律師分別以什麼作為賭注？

❶ 金錢／金錢　　　　❷ 金錢／自由

❸ 生命／金錢　　　　❹ 自由／生命

問題二 〔統整解釋〕

（　）本文中的槍聲代表什麼意涵？

❶ 銀行家成功暗殺律師　　❷ 銀行家承認輸了賭局

❸ 律師的自學成果斐然　　❹ 律師的監禁期限已到

問題三 〔統整解釋〕

（　）囚徒的閱讀內容在監禁過程中發生了什麼變化？

❶ 通俗→抽象→多元　　❷ 古典→現代→超現實

❸ 科學→人文→跨領域　　❹ 信件→文章→專書

問題四 〔統整解釋〕

(　　)「『如果我有足夠的勇氣實現我的意圖，』老人想，『那
　　　麼嫌疑首先會落在看門人身上。』」請問文中此處所說
　　　「我的意圖」指的是什麼？

　① 銀行家欲勸律師放棄
　② 銀行家想要退出賭局
　③ 銀行家決定殺掉律師
　④ 銀行家趁夜探視律師

問題五 〔擷取訊息〕

(　　)根據本文，律師最後的結局是什麼？

　① 被老銀行家陷害而死亡
　② 完成約定得到鉅額財富
　③ 自願提前離開違背契約
　④ 失去理智未再離開小屋

倖存

 問題一 〔擷取訊息〕

（　）在文章開頭，阿爾菲克做出什麼樣的抉擇？

❶ 駐守家園等待寒冬過去

❷ 拋棄岳母跟隨眾人遷徙

❸ 離開家人獨自尋找新獵場

❹ 回頭尋找落單在後的岳母

 問題二 〔統整解釋〕

（　）承上題，阿爾菲克為什麼會做出此項決定？

❶ 他的生存資源有限

❷ 他被其他人所逼迫

❸ 他誤信別人的謊言

❹ 他與家人感情不睦

( ) 根據本文，在此地生活的人們是以什麼標準，決定誰能跟著一起遷移？

① 是否曾犯下罪責
② 是否具有生產力
③ 是否具有足夠財產
④ 是否受到眾人愛戴

問題四 〔擷取訊息〕

( ) 基格塔克對於自己的處境抱持什麼態度？

① 理解，因為不想拖累自己的家人
② 欣慰，因為自己的付出有所回報
③ 怨恨，因為家人違背對她許下的承諾
④ 茫然，因為不明白自己為何淪落至此

問題五 〔統整解釋〕

( ) 根據本文，在此地生活的人們必須面臨下列何者的兩難？

A 人性　　　　B 傳統　　　　C 生存　　　　D 革新

① A、B　　　② B、C　　　③ A、C　　　④ B、D

給上帝的一封信

✓ 問題一 〔統整解釋〕

(　　) 為什麼倫喬一開始認為天上降下來的是硬幣？

❶ 倫喬可以轉賣蒐集到的水資源

❷ 倫喬勞累到將雨滴誤認成硬幣

❸ 因為冰雹的外型和硬幣很相似

❹ 雨水能為倫喬的田地帶來豐收

✓ 問題二 〔統整解釋〕

(　　) 當「硬幣」轉換為「銀幣」後，倫喬的田地發生了什麼事？

❶ 附近農民採收了所有的作物

❷ 所有能收成的作物皆已損壞

❸ 獲得從未看過的新品種作物

❹ 被郵政局長和其員工們踩踏

(　　) 倫喬第一次寫信給上帝的目的為何？

❶ 希望上帝能解救自己的困境
❷ 批評上帝較為照顧郵局員工
❸ 向上帝告解自己犯下的錯誤
❹ 警告上帝拒絕幫助人的後果

問題四 〔統整解釋〕

(　　) 郵政局長是基於什麼理由而回信給倫喬？

❶ 想守護住倫喬堅定的信仰
❷ 點出倫喬過於迷信的態度
❸ 證實自己具備助人的能力
❹ 加強自己在小鎮中的聲望

問題五 〔統整解釋〕

請根據故事結局，就「贈與者」和「受贈者」的想法與行為進行分析，評價這則故事為什麼具有諷刺意味。

請作答

兒童天堂

問題一　解答 ❶

文中提到「當潘朵拉獨自一人時，她的好奇心就變得非常大，以至於最後她碰了一下盒子。她已下定決心要打開它。」由此可知正確選項為（1）。

問題二　解答 》

各正確答出與「麻煩」、「希望」相關的答案。

文中提到「如果你想知道這些從箱子裡逃出的醜陋東西是什麼的話，我必須告訴你，牠們是整個塵世的麻煩家族」；而當潘朵拉第二次打開盒子時，文中提到小人物的由來與身分：「一個燦爛明媚、面帶微笑的小人物飛出來」、「我被稱為希望……來彌補一大堆醜陋的麻煩」，綜上所述，可以得知盒子裡的醜陋東西代表麻煩；小人物則代表希望。

問題三　解答 ❸

文中提到，原本「折磨人類靈魂和身體的一切事物都被關在那個神祕盒子裡……使得世界上快樂的孩子永遠不會被牠們騷擾」，且「從那時到現在，沒有一個成年人會傷心，也沒有任何孩子會流淚」，可得知在盒子被保管期間，所有人都過得很好。但當文章後半部提及盒子中的麻煩「到處糾纏和折磨各地的人們」，使人們「再也無法經常歡笑」，以及「以前看似永遠不老的孩子，如今一天天長大……然後成為老年人」，由此可知，麻煩到世界上後，人們開始長大並有了壽命的限制，其靈魂和身體也開始遭到折磨，壽命與人生境遇都發生改變，無法如往常般美好。

問題四　解答 ❶

根據文章後半部，小人物說她會被關在盒子裡是為了「來彌補一大堆醜陋的麻煩」，並且對主角們傳達「面對麻煩不要害怕」；此外，文末也提及，只要人們相信希望，希望便永不離開，即使麻煩仍在世界各地橫行，但希望可以治癒種種傷痛，並創造一個新的世界。綜上所述，本文傳達了即使人們生活在世上會遭遇各種麻煩，但只要持續懷抱希望，便能擁有面對的力量，故答案選（1）。

本文的主要敘事線為潘朵拉與埃庇米修斯打開盒子的過程。但這兩個段落中，作者跳出原來的敘事線，從全知的敘述者視角，插敘補充說明「兒童天堂」的意涵、盒子的來歷，及盒子裡頭的東西，目的是為了使讀者明白打開盒子前後，對人們有何影響與差異，故正確答案為（3）。

愛米的問題

問題一　　解答 ②

根據故事的敘述，戈羅夫人一推開門就看見了她的小女兒坐在敞開的窗戶上，「她太沉醉於灑滿月光的夜空和她自己的思考，因此沒聽到媽媽進來的聲音」，可知愛米沒有回應戈羅夫人的叫喚，原因是「她沉醉於欣賞夜色和思考問題」。

問題二　　解答 ①

戈羅夫人在愛米提問之後，回答「上帝為人類創造了這些事物，用來支撐起我們的身體和靈魂的生命」，可知答案為選項（1）。

問題三　　解答 ②

在文中戈羅夫人提到「月亮和星星不僅給了我們光亮，使黑暗的路變得平坦安全」、「在水裡我們會看到上帝的真實……可以洗淨我們的汙濁」，可知戈羅夫人認為，上帝創造自然事物，是為了在人類面對黑暗、汙濁等處境時提供協助。

問題四　　解答 ③

戈羅夫人提到「因為在上帝創造的所有自然事物裡都有一些像上帝內心的某些物質，這些東西我們不應用眼睛看，而須用靈魂來體會」、「祂創造了它們……在這些鏡子裡我們的靈魂會看見上帝的慈愛和智慧」，可知前一句所指的「上帝內心的某些物質」，即是其慈愛和智慧，且故事中不斷強調，上帝創造的自然事物是美好的，綜合以上訊息可知，正確答案為選項（3）。

最初的晚霞

問題一　解答 ②

本文講述名為瑟德的人在「單調的死灰色」天空上，塗畫出混合了黃、紅、藍三色晚霞。文中提到「只要宇宙間有美，有仁慈，有愛，他的晚霞就永遠掛在西天上」，由此可知，豔麗的晚霞象徵了美、仁慈、愛等正面特質；由此反推，與黃、紅、藍相對的灰色，象徵的即是人們的「殘忍、仇恨」等負面特質。

問題二　解答 ③

根據文章，瑟德在嘗試使用莓子做成的顏料，卻無法順利為天空塗上色彩之後，先後使用了「自己一頭長長的黃髮」、「自己的心肝」，以及「自己溫柔的藍眼珠」，來製成黃、紅、藍三種顏色的顏料，才成功的塗畫出「人間第一片晚霞」。由此可知，本題的正確答案是（3）。

問題三　解答 ④

根據瑟德對異教神的說法：「當輪子上的人了解我的晚霞時，他們也許會將彼此之間的仇恨、殘忍和不平的待遇消除……他們就會相信慈善和仁愛的道理……」，可知他塗畫第一片晚霞的目的是為了與「仇恨、殘忍和不平的待遇」對抗，並使人們相信「慈善和仁愛」等正面思想，也就是「帶給人們正向力量」。

問題四　解答 ①

本文提到「瑟德的肉體雖然死了……他的精神也包含在他的骨灰裡」，而接觸到瑟德骨灰的地球人將證實他所預言的「美、仁慈、愛」。由此可知，瑟德骨灰中蘊含的正向特質，隨著骨灰，從輪子上的瑟德延續到了地球的人們身上。

造獅者

問題一　解答 ①

文中提及「如果我們不出外旅行，去贏得國王們的恩寵，得到財富的話，那學識有什麼用處？」因此，四個人決定去旅行是為了得到國王的恩寵與財富。

問題二 　解答 ④

本文第三段中,最年長的婆羅門說:「沒有一個只有常識而沒有學識的人,能夠贏得國王關愛的眼神。因此,我們不必跟他分享我們賺取的名聲和財富。」但在第四段,第三個婆羅門卻說這樣做不對。綜合前述,可以推論四人發生爭吵的原因,是他們對於沒有學識的朋友能不能一起旅行和分享財富出現歧異。

問題三 　解答 ③

從第七段的對話與第十段的結局可以推論,他躲到樹上是為了避開獅子的攻擊。

問題四 　解答 ①

根據第七到十段,有常識的人勸其他人不要復活獅子,以免被咬死。不過根據故事的前半部,其他人鄙視沒有學識的朋友,並且堅持學識的重要性,因此能推論他們不理會這個朋友的意見並決定復活獅子,是一種過於自負的表現。

問題五 　解答 ④

只有學識的人因執意復活獅子而被咬死;只有常識的人意識到自己可能會被復活的獅子咬死,因而躲到樹上保命。綜上可知,有時候常識比知識還重要。

狼

問題一 　解答 ①

從文中可知,達維爾侯爵「是賓客中唯一沒有參加狩獵活動的人」,他在開頭時也先表明自己從不打獵,之後才娓娓道來自己家族為何不打獵的故事。由此可以推斷,達維爾侯爵分享故事的可能原因為「解釋自己為什麼不去打獵」。

選項(2)達維爾侯爵在分享故事時並未提及自己是否具備仁慈之心。
選項(3)對於說書人的表現評價是由作者給予,與達維爾侯爵無任何關係。
選項(4)文中僅提及達維爾侯爵是在德拉韋爾男爵所舉辦的晚宴中訴說這個故事,並未提及此舉是否為了表達敬意。

問題二 解答 ❷

根據文中「我的高祖父突然撞到了一根粗壯的樹枝……當場死亡」這段敘述可知，達維爾侯爵曾祖父的父親是因為「追捕獵物時誤撞樹枝摔死」。

問題三 解答 ❸

當被野狼嚇壞的馮索瓦再看向哥哥的遺體時，「他的恐懼頓時被憤怒取代」，由此可推斷，馮索瓦應是因為哥哥的死亡而產生憤怒，進而想向野狼報復。

問題四 解答 ❶

從文中敘述可知，馮索瓦抱著想復仇的憤怒與野狼搏鬥，最終將其勒斃。由此可看出人類在激烈情緒下，可能具有不輸野獸的攻擊性，因此推斷答案選（1）。

選項（2）從文中「這頭狼很不一樣，甚至可以說，牠像人類一樣會思考」可知，對狼的評價是源自於哥哥口中，而非透過馮索瓦與狼搏鬥的場景所展現。
選項（3）根據情節推測，家族後人應是因哥哥的意外死亡而恐懼狩獵。
選項（4）從文中的戰鬥情節可知，馮索瓦並未利用任何環境優勢來戰勝野狼。

問題五 解答 ❹

達維爾侯爵強調完故事的真實性後，作者並未安排有強烈寓意的對話或闡述作結，而是以婦人回應：「能擁有這般的激情，是很好的。」來收尾。我們無法得知婦人所說的「激情」為何，這段文字更偏向於延續狩獵故事帶來的餘韻，使聽者各自回味，由此也可以推論，作者更傾向將寓意交由讀者自行解讀。

一個古老的小故事

問題一 解答 ❸

從文章開頭可得知，啄木鳥與鷸認為世界的繁茂讓牠們吃飽喝足，故為鼎盛時期。然而有一天，突然發現沒有任何蟎蟲、蚊子或其他害蟲，牠們便認為自己的領域貧瘠和死氣沉沉，且不再輝煌，由此可知答案應選（3）。

問題二　　解答 ❸

第八段提到啄木鳥與鷸「立即開始探索各自的領土……鷸潛入泥濘的大地深處……另一端的啄木鳥不斷鑽入樹幹結實的表皮」，並接著說明「牠們完全沉浸在共同的目標中」，由此可知，「共同目標」應是指「探索自己居住的地方」。

問題三　　解答 ❷

第八段提到：「雙方都認為必須證明牠們的觀察是真實的。因此，牠們立即開始探索各自的領土，牠們都認為這是個人的財產。」可得知啄木鳥與鷸是為了要「證明自己的觀察是真的」，所以開始探索自己居住的地方是否缺乏資源。

問題四　　解答 ❶

文中提到萬物共同的狂喜時刻，意指春天的來臨。但啄木鳥與鷸並沒有因此感到歡喜，而是「繼續追求著牠們想像中的解決方案」。結合後半部故事，可知世界不斷在「以舊換新，以新換舊」，只是啄木鳥與鷸並不這麼認為，從「兩者都被困住了。兩者都以自己的方式迷失了」這段描述中，可以推斷出牠們迷失在自己的認知中，無法看清全局，故無法參與萬物共同狂喜的時刻。

問題五　　解答 ❷

根據本文最後兩段，可以看到作者跳脫出啄木鳥與鷸的寓言故事，轉而向讀者說明這個故事為「人們」帶來什麼啟示。而從「這個精緻成品準備保存在人類歷史的篇章中……你甚至不相信這個故事是古老的，而且一直存在我們的血液中」等內容，可以推知文中的啄木鳥與鷸，最有可能象徵「那些貪婪的人們」。

小鷓鴣

問題一　　解答 ❷

從文中第三段可知，主角的父親有打獵的興趣，且從「父親常常帶我去，我可高興極了」亦可理解，主角時常隨著父親去打獵，也對於打獵充滿興趣。

⏬ **問題二**　解答 ③

文中第十三至第十五段，提及主角與父親在是否應獵捕因母愛而假裝受傷的雌鵪鶉上起了口角，也一改以往毫無憐憫心的態度，初次對於獵物產生了同理心，主動埋葬雌鵪鶉，進而導致主角對打獵喪失了興趣。由此可知，主角是因為理解雌鵪鶉保護幼子的行為，進而改變了對打獵的看法。

⏬ **問題三**　解答 ①

文中描述主角首次站在獵物的角度著想，進而重新思索打獵的意義，最終放下了對於打獵的興趣。這其中「同理心」的展現，與孟子思想中「惻隱之心，仁之端也」，意即「同情心就是施行仁的開始」概念相互呼應。

⏬ **問題四**　解答 ③

從文中描述父親制止狗繼續攻擊鵪鶉巢，且沒有開槍以保護老鵪鶉離開的行為可知，主角看見父親希望巢中的小鵪鶉能在老鵪鶉的保護下好好成長。由此可以推斷，主角父親認為打獵「應注意獵物的物種存續」。

⏬ **問題五**　解答 ①

從文末與朋友出門打烏雞的事件可知，主角再次「拋棄了這玩意兒」，亦在此段落中再次發覺自己對於獵物的同情，因而設法使雌烏雞得以成功逃離。從此處可發現，主角在文章前段所產生的「同理心」再次展現，也更強調了其對打獵態度的轉變。由此推斷，此處的情節回扣了主角培養出「同理心」的心境變化，具有「強化本文主旨」的效果。

西雅圖酋長的演說

⏬ **問題一**　解答 ②

根據第一句「華盛頓的總統捎來信息，希望能買下我們的土地」與「所以，若我族把土地賣給你們，請和我們一樣的愛它，一樣的看顧它」，就能了解演說中的印第安人期望白人買了土地後能夠愛護它，而非拒絕賣給白人。另外，文中並沒有邀請白人拜訪，或是請求白人與印第安人和平相處的描述。

從「我們是大地的一部分,而大地也是我們的一部分」、「散播芬芳的花朵是我們的姐妹⋯⋯我們全都同屬一個大家族」、「大地是我們的母親」等描述可推知,印第安人認為土地是萬物之母,萬物是一個大家族。

問題三　解答③

本文提及「我們的上帝是同一位上帝⋯⋯對紅人與白人的慈愛毫無分別」、「我們確知:上帝只有一個,人類也只有一種。不論白人或紅人都不應該被分別,畢竟,我們都是兄弟」,綜合上述,酋長欲強調不管是白人亦或印第安人,都受到同一位上帝的愛護,藉此拉近印第安人與白人之間的連結。

問題四　解答③

文中充滿對景物的描述,如「每一根閃亮的松針」、「清澈湖水中的朦朧倒影」、「風中草香與花香」、「果實纍纍的山丘」等,具有借景敘情的作用。

問題五　解答①

從「若我族把土地賣給你們,請和我們一樣的愛它⋯⋯將大地的原貌保留給你的子子孫孫」得知,酋長希望白人愛護土地,把原貌留給子孫。

三個問題

問題一　解答③

皇帝想知道的三件事情包含了時間(when)、人物(with who)、內容(what)的要素,第一段就指出「如果他能知道做每件事情的最佳時機⋯⋯那麼他做任何事就不會失敗了」。雖然其他選項都有包含時間、人物與內容因素,不過皇帝並不是想知道幫助、相信與原諒這三個行為的時間、人物與內容。

問題二　解答①

文內指出皇帝「對所有回答都不滿意,也沒有給予任何獎賞」,於是「決定去拜訪一位住在山上的隱士」,由此推論,皇帝認為隱士知道答案。

問題三　　解答 ③

根據最後一段「如果你沒有因為我年老而對我生起憐憫心……你肯定會在回家的路上受到那個人的襲擊……你就失去了與他和解的機會」可得知，皇帝沒做這些事就有可能會遇害，也沒機會與宿敵和好。

問題四　　解答 ④

題幹的下文是「最重要的時間只有一個，那就是當下……最重要的人總是當下與你在一起的人，就在你面前的那個人……最重要的事情則是幫你身邊的人做點好事，因為只有這個，才是人活著應該追求的目標。」綜合上下文就可以知道，答案是把握當下的事情與人物，並幫助旁人做好事。

問題五　　解答 ②

根據故事前半段可推論，皇帝為了得到答案而去拜訪山中的隱士；在故事的後半段，隱士告訴皇帝他已經知道答案，並在最後解釋這麼說的原因。綜上所述，隱士在皇帝尋找答案之旅中扮演了「解惑者」的角色。

我有一個夢

問題一　　解答 ❶

金恩在演說中首先對照了古今黑人處境的異同，認為在《解放宣言》之後，黑人「仍慘遭種族隔離桎梏和種族歧視枷鎖的束縛」，並且「仍生活在被物質繁榮的汪洋大海包圍的貧窮孤島上」，反映了黑人因其種族所受的壓迫，並接著宣示對爭取黑人公民權的堅持。綜上可知，正確答案為（1）。

問題二　　解答 ≫ 正確且完整答出「憲法與《獨立宣言》」。

金恩表示：「當我們共和國的創建者們寫下憲法和《獨立宣言》時，他們也就簽署了一份支票……保證給予每一個人不可轉讓的生活、自由和追求幸福的權利。」意指只要是美國人，都應該能夠「兌現」憲法及《獨立宣言》所保障的權利，故此處的支票應是指「憲法與《獨立宣言》」。

金恩在演說中表示：「在爭取我們合法地位的奮鬥過程中，我們不應做違法之事⋯⋯我們必須永遠在尊嚴紀律的高水準上開展鬥爭。絕不能讓我們創造的抗議，墮落成為暴力行動。」可知金恩應是主張「非暴力的和平示威」。此外他亦提及：「黑人社區洋溢著嶄新的戰鬥精神，不應導致我們對一切白人都不信任⋯⋯已意識到他們的自由與我們的自由血肉相連，不可分割。」也就是強調黑人應聯合其他種族爭取權益，故可推論其主張為「聯合不同種族參與」。

問題四　解答 ④

金恩舉出種種黑人權利受限的情況來回應這個問題：「只要黑人仍是員警暴行難以形容的恐怖受害者」、「只要我們雖歷經旅途奔波渾身疲乏，仍無法在公路或城市中租用汽車旅館」、「只要黑人的基本遷移方式，只能從較小的黑人區遷到另一處較大的黑人區」、「只要密西西比州有一個黑人沒有投票權，只要紐約有一個黑人認為沒有什麼東西值得他去投票」，在這些情況下「我們不滿足，而且我們將永不滿足」，故正解應為（4）。

問題五　解答 ②

金恩在演說中表示：「我仍然有一個夢⋯⋯人人生而平等。」並描繪如果獲得平等權利，黑人將能擁有的生活情景。綜上可知，金恩所說的夢應是選項（2）。

孩子的故事

問題一　解答 ≫

完整且依正確順序答出【小男孩：玩耍】→【少年：學習】→
【年輕人：談戀愛】→【中年紳士：工作】→【老者：回憶往事】

問題二　解答 ④

旅行者遇到這五個人時，都個別詢問了他們正在做的事情，分別是玩耍、學習、戀愛、工作以及回憶，而對方也都順勢邀請旅行者一同加入他們正在做的事情。

問題三　　解答 ❶

旅行者與中年紳士初相遇時，紳士身邊已有妻與子。後來紳士歷經幾個孩子的成長、離家與死亡，最後妻子也離他而去。綜上可知，旅行者和中年紳士一同經歷了多次的生離死別，故正解應為（1）。

問題四　　解答 ❷

本文透過旅行者的視角，依序體驗了五個角色的生活，而每個角色的生活重心，正好可與真實人生作對照：盡情玩耍的孩子、努力學習的少年、享受戀愛的年輕人、奮發工作的中年紳士以及回憶過往的老者。綜上可推知，旅行者這次「不可思議的旅行」，象徵的即是「人類一生的經歷」。

問題五　　解答 ❶

旅行者與每個旅伴的經歷都能對應到人生不同階段的重心，而當每個旅伴消失後，旅行者就會遇到代表下個人生階段的旅伴。故可推知，文中對旅行者找不到身邊人的描述，反映的應是隨著年紀增長，人必然得面對新的階段與目標。

戰爭

問題一　　解答 》

<u>正確且完整答出與「去為兒子送行」相關答案。</u>

根據文章第七段可知答案與「去為兒子送行」相關。

問題二　　解答 ❶

根據前七段可知，這對夫妻的兒子將被派往前線。而在其後的段落，乘客們紛紛開口，他們有的是獨生子、有的是多位子姪都被派往前線。而被派往前線意味著可能死亡，因此讓他們感到悲傷。所以本題答案應選（1）。
至於選項（3），從文中僅知道國家正在打仗，無法得知國家是處於優勢還是劣勢。而其餘選項在本文中皆未提及相關線索。

問題三　解答 ❶ ❸

肥壯年邁的男子在文中提到：「當我們二十歲的時候，即使父母親表示反對，我們依然都會回應國家的徵召……那麼，為什麼我們不能顧慮二十歲孩子們的感受呢？」另外，他也提到：「再說了，如果一條年輕的性命能愉快的消逝，不需要經歷生活的黑暗面……我們還能要求什麼？」由此可推知，他的理由包含了選項（1）和（3）。

問題四　解答 ❷

男子對提問的反應是「才終於意識到，他的兒子真的死了……永遠沒了……」，由此可知，他在說服其他乘客的當下，並沒有真正感受到自己兒子的死亡。

問題五　解答 ❹

我們可以發現文中刪節號大多出現於意思未盡、語句未完、語句斷斷續續的時候。再根據故事主要內容，可知乘客們對於兒子上戰場前線感到悲傷，連話都無法說完整，故最適合的答案應選（4）。

我的愛人被鋸成兩半

問題一　解答 ❷

文中第二段提到，主角認為他的家雖然可愛又涼爽，但「一切都安排得井井有條，事事都可以預料得到」，並指出「這就是我逃家的原因」，故正確答案為「想脫離一切被安排好的生活」。

問題二　解答 ❶

文章前半部描述主角在嘉年華的遊歷，接著提及「現在取代了我生命中所有瑣碎又具體的這種華麗的東西又是什麼……生活應該更加有趣、更充滿驚奇、更多歡笑的刺激。而在環球大表演場這裡，生活就是如此。」主角從嘉年華童話般燦爛的環境，領略了生活應該要多彩多姿，故正確答案為（1）。

問題三　解答 ≫ **正確且完整答出「勇敢又真實」。**

當主角看到催眠師表演時，認為自己從來沒看過這種事，也從來沒看過一個這麼勇敢美麗的女孩，並覺得參與表演的女孩是他「讀愛情故事時，一直幻想的那種女孩——既勇敢又真實」，而第十四段中提到那位女孩叫「琳達」。

若僅回答一位漂亮的女孩或金髮碧眼的女孩，則皆為外型描述，非人格特質。

問題四　解答 ④

根據文中第三段所述，主角身邊的家人、鄰居皆認為他去了夏令營，然而他「中途下了火車」，去了嘉年華會。而從文中第十三段可得知他請好友轉寄信件給父母，是為了營造他有去夏令營的假象，故正確選項為（4）。

問題五　解答 ①

叔叔說明了表演使用兩個女孩來營造假象的手法，然而，主角並不認同，並提出「他不了解，也許那時候他沒愛上任何人」。主角覺得他只看到美女琳達，才會愛上她的勇敢及真實，若叔叔拆穿了表演背後的把戲，即否定了主角萌發的愛情。故正確選項為（1）。

螞蟻與蚱蜢

問題一　解答 ②

文中描述湯姆的性格「狂妄、輕率、自私」，靠著不斷借錢、敲詐哥哥的方式度日；而喬治則是個「正直、勤奮、值得信賴」的人，故兩人在「性格品德」上有明顯差異。接著從第十二至十五段可知，湯姆的生活過得十分奢侈，經常到處遊玩享樂；而根據第十六段的內容，以及喬治和主角的對話，則可看出喬治的生活極度節儉，極少享樂，故兩人在「生活品質」方面也有所不同。最後，根據第十二至十五段也可看出，儘管湯姆的人品糟糕且不務正業，但憑藉其充滿魅力且風趣的性格，反而過著比喬治更優渥的生活，故可知湯姆的「個人魅力」遠勝喬治。綜上所述，此題答案為（2）。

問題二　　解答 ②

根據文章第十六段的內容：「湯姆年輕英俊的時候，一切都好辦……再過四年他就五十歲了，到那時他日子就不好過啦……二十五年來，我總說湯姆最後一定潦倒不堪。」結合前文提到湯姆度日的方法，是憑藉個人魅力四處向外人借錢，可知喬治之所以會這麼說，是他認為湯姆倚仗的個人魅力將隨著年齡增長而減少，並在最終獲得潦倒度日的下場。故此題答案為（2）。

問題三　　解答 ②

根據第十六段可知，喬治料定湯姆必將因年齡增長而失去魅力，最終只能潦倒度日。但是湯姆卻意外獲得一筆豐厚的遺產，從此過著富有的生活。綜上所述，喬治之所以會滿面愁容，是因為「湯姆的際遇違背了他的信念」。

問題四　　解答 ④

在寓言中，蚱蜢因成天玩樂，過冬時沒有食物可吃。而文中的湯姆平日到處享樂，行為與「蚱蜢」相同；但他卻因與富婆訂婚，獲得豐厚遺產，過上更加奢華的生活，其幸福的結局則與寓言中的「螞蟻」相同。

問題五　　解答 ①

文章開頭可看出，作者兒時對這篇寓言傳達「勤勉總是能得到獎賞，而遊手好閒才會受到懲罰」的教訓，「從來不大信服」，這是因為他是非觀模糊，只對蚱蜢悲慘的遭遇感到同情。接著，第五段提到作者長大後發現，自己兒時對寓言〈螞蟻與蚱蜢〉的想法「是完全合情合理的」，可見他依然對這則寓言抱持批評的態度。而從作者與湯姆的相處可以看出，作者看重個人魅力勝過於品行，所以他不認為湯姆獲得的際遇是不公平的。綜上所述，此題應選（1）。

問題六　　解答 ④

文章開頭提到這篇寓言的寓意是：「勤勉總是能得到獎賞，而遊手好閒才會受到懲罰。」但在文章結局裡，勤勉的喬治並沒有獲得相對應的報酬，而遊手好閒的湯姆卻一生順遂，甚至得到鉅額遺產，與寓言相較之下顯得非常諷刺。

痛苦的帳篷

問題一　解答 ❶

從第一段中可看出四個人想到森林裡放鬆，卻被雨淋溼並耗盡糧食。在第二段中，其他三個男人在小個子男人「自願留守營地」後，情緒變得低落並開口詛咒，由此可猜測，三人想要留守營地，因為那是比較輕鬆的工作。

問題二　解答 ❶

從開頭前兩段中可得知他們糧食耗盡，所以要去農舍補給食物。

問題三　解答 ❶

從第五段描寫男子面對熊的場景可推知，熊將男子的咆哮視為挑戰，因此他們之間的對峙才逐漸演變成追逐與搏鬥。

問題四　解答 ❸

從第八段「（他）扭動著身體，從外套中掙脫了出來」可得知，小個子男人第一次是依靠外套從熊掌中逃脫。而第九、十段則描述男子見證熊被帳篷困住，並狼狽逃往湖泊，讓男人躲過與熊搏鬥的命運。因此答案應選（3）。

問題五　解答 ❶

從第一、二段中，可以推測其他三個男人想要留守營地卻被搶先，因此詛咒：「魔鬼會和你作伴。」此處的詛咒僅只是對小個子男人的舉動表達惡意，因此應指任何可能發生的壞事。而第二次的魔鬼作伴，乃是小個子男人在與熊搏鬥後說出的話，對他而言，這裡的「魔鬼」就是熊。故應選（1）。

敞開的落地窗

問題一　解答 ❷

從前六段可看出，弗瑞頓為了養病而搬到他姊姊四年前曾經住過的鄉下地方，姊姊為了讓他認識街坊鄰居，寫了一些介紹信讓他前往拜訪。

問題二　　解答 ❸

維拉告訴弗瑞頓，薩普頓夫人的先生與弟弟三年前外出打獵時被沼澤吞沒。

問題三　　解答 ❶

弗瑞頓聽完維拉講述的故事後，發現薩普頓夫人頻頻望向窗外，又親眼見到薩普頓先生他們向落地窗走來，且行為舉止與維拉的描述一模一樣，並看到維拉害怕的眼神，便認為自己看到的是鬼魂，終於嚇得奪門而出。

問題四　　解答 ❶

讀完全文之後，可以發現其實維拉在故事中的發言都是謊言，再回到兩人剛開始交談時的對話，便可以推測維拉一開始便有心要捉弄弗瑞頓。

問題五　　解答 ❷

將文章最後一句話回扣前面的故事情節便可以釐清，維拉所說的慘案是假的，弗瑞頓怕狗也是假的，而弗瑞頓的所見才是真的。

十月與六月

問題一　　解答 ❹

希歐的信件提到：「你的求婚讓我倍感榮幸，但是我不得不婉謝……是因為我們之間懸殊的年齡差距。我非常非常喜歡你，但我深知這段婚姻不會美滿。」在後文中也多次提到兩個人雖然真心相愛，但因年齡差距而分手。

問題二　　解答 ❸

上尉收到希歐拒絕求婚的信件之後，立刻搭上火車前往她的住處，想要當面說服她不要在意兩人的年紀差距。

問題三　　解答 »

正確且完整答出與「前者：希歐／她自己；後者：上尉」相關答案。

讀者可以在文章最後得知，希歐可能已經超過 28 歲，而上尉只有 19 歲。因此希歐認為過幾年後，他們的興趣差別會越來越大，不適合攜手邁入婚姻。

問題四　解答 ❶

從「文學大師領讀」的說明可知，「十二月與五月」是比喻老少配的結合，希歐也採用季節「十月與六月初」比喻她和上尉的年齡差距有如入秋與初夏。

問題五　解答 ❷

兩人見面後，希歐說理分析，說服上尉兩人的婚姻不會圓滿，故應選（2）。

問題六　解答 》

正確且完整答出「她看來也有二十八歲了／可是上尉只有十九歲」。

根據「作者簡介」，「奧・亨利式結尾」是指意想不到的結局。文章開頭形容上尉是「投效軍旅的老兵」，而希歐則「散發女人味」，文中也不斷提到兩人年齡差距甚大，很容易讓人以為是「老夫少妻」組合。直到結尾才提到兩人的真實年齡，讀者至此才恍然大悟，這便是出人意料的「奧・亨利式結尾」。

打賭

問題一　解答 ❷

從律師的話：「我同意！您下兩百萬賭注，我用我的自由作賭注！」可見銀行家與律師分別以兩百萬的錢財和十五年的自由作為賭注。

問題二　解答 ❸

律師在囚禁的第六年努力研究語言、哲學和歷史，他寫給銀行家要求：「請將信交給有關專家審閱……那麼我請求您讓人在花園裡放一槍。槍聲將告訴我，我的努力沒有付諸東流。」由此可見，槍聲代表他的自學成果受到認可。

問題三　解答 ❶

囚徒第一年要求讀輕鬆的通俗小說、喜劇等；第六年開始熱衷研究抽象的語言、哲學和歷史；最後兩年，他的書單橫跨自然科學、文學、化學、醫學、哲學論文到神學著作，越來越多元，因此變化過程為「通俗→抽象→多元」。

問題四　　解答 ③

銀行家擔心自己會因支付賭金而破產，甚至遭到對方羞辱，而他認為擺脫此困境的唯一辦法就是律師死亡，所以他潛入小屋的意圖就是殺掉律師。

問題五　　解答 ③

根據律師的聲明信與看守人的通報，律師決定放棄兩百萬，在規定期限之前自願違約離開，最後不知去向。

倖存

問題一　　解答 ②

從文章開頭「村莊決定搬到新的狩獵場，阿爾菲克不得不捨棄他的岳母……」可知，阿爾菲克所做的決定，是「拋棄岳母跟隨眾人遷徙」。

問題二　　解答 ①

根據文章內容：「他不能讓她乘坐雪橇，因為事實上他只有兩隻狗，他和他的妻子不由自主的拖著雪橇……」，可知阿爾菲克並非是對岳母不滿，或是被他人逼迫，而是因為他僅有兩隻狗可以拉雪橇，甚至需要和妻子一同拖著雪橇才能前進。綜上所述，他之所以拋棄岳母，是因為「他的生存資源有限」。

問題三　　解答 ②

從「我們有一個習慣，就是不再工作的老人，應該幫助死神帶走他們。」可推知當地人判定一個人是否能跟著遷徙，是依「是否具有生產力」來決定。

問題四　　解答 ①

文內描述老基格塔克「知道自己毫無用處……為什麼要堅持下去給孩子們負擔呢？」可看出她理解家人拋棄自己的決定，也不想成為拖累他們的存在。

問題五　解答 ③

此文講述阿爾菲克一家人在遷徙到新獵場時，面臨必須拋棄年老家人的情形。文內描述：「我們中間沒有人希望傷害老年人，因為我們自己可能有一天會變老。」可以看出阿爾菲克並非惡意拋棄岳母，但因為他資源有限，只能選擇讓岳母獨自行走。而最後一段也提到：「在冰雪大地中生存，有時我們必須沒有憐憫心。」綜上所述，可看出此地的人們了解「拋棄老人」是非常殘酷的行為，但為了族群的生存延續，他們必須適時取捨無生產力之人。

給上帝的一封信

問題一　解答 ④

文中描述：「這片土地唯一需要的是一場降雨，或至少來一陣雨。」而等到雨落下來後，倫喬向他的家人們說：「那些不是從天上降下的雨滴，它們是新的硬幣。大滴的是十分硬幣，小的五分……」，由此可推斷，倫喬渴望降雨，是因為充足的雨水能帶來豐收，倫喬也能因此賺取錢財。故正確答案應選（4）。

問題二　解答 ②

從「大大的冰雹跟雨開始降下。這些真的很像新的銀幣」這段話中可以看出雨水逐漸轉為冰雹。而後又描述：「冰雹落在房子上、花園裡、山邊、玉米田，落在整個山谷裡。田地是一片慘白，彷彿覆蓋著鹽。沒有一枚葉子留在樹上。玉米完全被摧毀了；花都從菜豆上消失了。」，可得知正確答案應為（2）。

問題三　解答 ①

倫喬第一次寫給上帝的信中提到：「如果你不幫我，今年我和我的家人會挨餓。我需要一百比索來復耕和生活，維持到有了收成的時候，因為冰雹……」，由此可知，倫喬這次寫信給上帝，是「希望上帝能解救自己的困境」。

問題四　解答 ①

從「為了不讓一封無法投遞的信顯示出寄件人的那種信仰奇事幻滅掉，郵政局長想出了一個妙方：回信……他捐出了自己大部分薪水……」，可以得知，局長是「想守護住倫喬堅定的信仰」而決定回信。

問題五　解答 ≫ 正確且完整答出（1）至（2）兩項答案。

（1）與「贈與者被受贈者認為是騙子／小偷」相關答案：倫喬認為郵局辦事不力。

（2）與「受贈者過於迷信，且並未意識到真正幫助自己的人是誰，不知感恩」相關答案：受贈者容易因為受到別人幫助，而認為被幫助是應該的。

根據本文，郵政局長因認為自己能夠盡盡微薄的能力助人，而籌措一些經費給倫喬，沒想到不僅沒被感謝，反而還被倫喬懷疑「郵局的員工是一群騙子」。由此可推測，本文作者應是想反諷「贈與者被受贈者認為是小偷／辦事不力的人」。此外，從倫喬的第二封信中，也可看出他因為過於迷信，堅信上帝會幫助他，此為「受贈者並未意識到真正幫助自己的人是誰，不知感恩」。不只如此，倫喬也不滿足收到的金額，想要收到完整的一百比索，可推斷他「認為被幫助是應該的」。

題目設計｜品學堂
責任編輯｜江乃欣　特約編輯｜劉握瑜　美術設計｜丘山　行銷企劃｜陳詩茵、葉怡伶

天下雜誌群創辦人｜殷允芃　董事長兼執行長｜何琦瑜
媒體暨產品事業群
總經理｜游玉雪　副總經理｜林彥傑
總編輯｜林欣靜　行銷總監｜林育菁　副總監｜李幼婷　版權主任｜何晨瑋、黃微真
出版者｜親子天下股份有限公司　地址｜臺北市 104 建國北路一段 96 號 4 樓
電話｜（02）2509-2800　傳真｜（02）2509-2462　網址｜www.parenting.com.tw
讀者服務專線｜（02）2662-0332　週一～週五 09:00-17:30
讀者服務傳真｜（02）2662-6048　客服信箱｜parenting@cw.com.tw
法律顧問｜台英國際商務法律事務所 羅明通律師
製版印刷｜中原造像股份有限公司
總經銷｜大和圖書有限公司　電話（02）8990-2588
出版日期｜2022 年 6 月第一版第一次印行
　　　　　2024 年 5 月第一版第四次印行

訂購服務
親子天下 Shopping｜shopping.parenting.com.tw
海外 ‧ 大量訂購｜parenting@cw.com.tw
書香花園｜臺北市建國北路二段 6 巷 11 號　電話（02）2506-1635
劃撥帳號｜50331356 親子天下股份有限公司

立即購買 >

優質文本 ✕ 深度理解

從閱讀梳理思路,培養解決問題的學習力

《閱讀素養題本》每道提問均有清楚具體的評量目標,分為「擷取訊息」、「統整解釋」、「省思評鑑」,配合詳解,能幫助讀者辨識文本重要結構,充分了解文章意涵與背後假設,並結合自身經驗提出個人觀點。期待讀者透過題目的引導,更進一步的理解選文,有效提升閱讀素養與思考探究,從而獲得面對生活各種問題的關鍵能力!

題目設計團隊　品學堂

2013 年,品學堂《閱讀理解》學習誌創刊,全力投入閱讀評量與文本的研發;以國際閱讀教育趨勢與 PISA 閱讀素養為規範,團隊設計的每一篇文本與評量組合,即為一次完整的閱讀素養學習。為孩子與教學者,提供跨領域閱讀素養教學教材及線上、線下整合的學習評量系統。

為推動全面性的閱讀素養教育,品學堂也走向教學現場,與各級學校和教育主管單位合作,持續為教師提供閱讀教育增能研習,同時為學生開辦營隊。期望讓我們的下一代能閱讀生活、理解世界、創造未來。

親子天下
Education · Parenting
Family Lifestyle